句集

襲《かさね》

平松うさぎ

朔出版

序

歳月の襲《かさね》にも似て葉鶏頭

本句集はご自身で『襲』という名を付けられた。中々良い名で、平松うさぎさんのイメージにもピッタリの名である。『襲』はこの句から採られたものだが、葉鶏頭は葉の形が鶏頭に似ていて、たくさんの葉を付ける。枝先の葉は、黄、紅、赤などに色づき重なり合うのが華麗である。「襲」は日本のきものなどで使う言葉で、平安時代にはじまる十二単に見られるように、重ね着による色彩の階調美が襲色目といわれ、衣服美の大きな特徴でもあった。この葉鶏頭の色づくさまを、「歳月の襲」と表現されたのは見事である。

平松うさぎさんは「沖」に平成二十一年一月に入会された。最初は「平松兎桜」の雅号で三か月間投句されていたが、東京例会にいらした時に話をする機会を得たので、「兎桜」とは少し古臭いので直してはと進言したら「うさぎ」という雅号を使うようになった。当初は俳句を作るにはまず雅号を用意して、名乗るなら古風で仰々しい名前の方が良いと思われたのかも知れない。

うさぎさんは、上田玲子さんの紹介で俳句を始められたが、上田さんとはご一緒に書道や茶道などを通して日本の伝統文化を嗜んでおられるようだ。
うさぎさんは、「沖」が全国各地で開催する勉強会はもとより、多くの地方大会にも足を運ばれ、地方の会員の方々とも親密な交流を図られている。旅の帰りには必ず「道の駅」などに立ち寄って、その地方ならではの特産品や地場のめずらしい野菜などを買って帰られることが多く、大荷物を抱えられておられることもあった。何事にも興味を抱かれるようで、美食家の故か句集には食べ物を詠んだ句も多く収載されている。

星月夜ロールキャベツは沸々と
かぼす搾る豊後の魚舌を撥ぬ
蛍烏賊目に渾身の硬さもて
鯊天をつまみ青べか談義など
追鰹して春愁を断ち切りぬ
空豆の一番端に子供部屋
二合半の当ての藁焼き初鰹

鮒鮓や松の上なる赤い月

うさぎさんは多彩な趣味を持っておられる方のようで、能、茶道、工芸など日本の伝統文化にも造詣が深く、それらから日本文化に共通するエッセンスを引き出し、俳句という創造世界へ導き出しておられる。

祖母が手の津軽裂織春霞
春立ちぬ五弦の琵琶の螺鈿光
秋麗や面の裏には朱のレ点
虫の音に鼓の調べ緩めけり
序破急の鼓打ち込む夜の雪
ふゆもみぢ加賀縫箔の能衣装
春惜しむ茶筅に残る泡少し
料峭や水屋に伏せる鼠志野
利休忌や椿割りたる蕊あかり

「沖」へ入会されて五年後の平成二十六年に「沖作品」で巻頭を取られた。

地球てふ乗合船や朧なり

その時の推薦句評では次のように述べている。

地球のとてつもなく長い歴史の中にあって、人の一生などは、ほんの微細なものに過ぎない。そんな今の時期に地球という星に乗り合わせている人口は72億人いるそうで、今世紀半ばには90億人に達するという。現代は宇宙船から地球を眺めることも出来るので地球自体が朧の中にある一つの乗合船のようにも見える。世界各地ではまだ紛争や戦争が絶えないが、たまたまこの時期に乗り合わせた同士と考えれば、もっと仲良くしなければならない。

寒くもなく暑くもない春の夜、心地好い体感とともに、作者の心持ちも朧にかすんでいる。「春宵一刻価千金」というが、まさに故なき一種の至福の状態にあるからこそ春宵の雰囲気の中におられたのだろう。女性特有の穏やかな優しさのある俳句となった。

平成二十七年には潮鳴集同人に推薦された。これまで「沖作品」で鎬を削ってきた俳句姿勢はさらに磨きがかかり、句の幅に空間的広がりを見せるように大きな句を作るようになってこられた。

鳥渡る自転公転味方にし

水の地図眼に持ちて鳥渡る

鳥と宇宙とは何の結びつきも無いように思われるが、鳥の渡りには地球の自転公転など宇宙に依存する太陽や星を目標に正確な渡りをしているのである。鳥の眼には極めて正確な地図を持ち備えていると考えるのも非凡な発想である。

月よりの使者甲虫《こうちゅう》の背の光

宇宙の始め掌中の胡桃ほど

この二句も壮大な宇宙に思いを寄せながらも、大きな空間から現実のミニマムな世界へ引き戻しているのが面白い。

滝壺に落つるほかなき水であり

滝の句といえば、すぐに後藤夜半の「滝の上に水現れて落ちにけり」という清新な写生の句が頭をよぎるが、うさぎさんの句は写生の視点にほどよい感性が加わって達観した見方の句になっている。それも作者自身の独創性からであろう。

岐阜城は山の兜ぞ月冴ゆる

岐阜で「沖」の勉強会が開かれた時に作られた句である。岐阜城は金華山の山頂に天守閣があり、織田信長が天下布武の朱印を用いるようになり天下統一を目指す拠点となった城で、「山の兜」とはその雄々しさを引き立てている比喩となった。

うさぎさんは現在、「沖」同人会の常任幹事として、「沖」の運営に関わっておられ、その他にも東京例会の幹事として句会のお世話をしていただき、単なる会場の世話役だけにとどまらず地方を訪ねた時に知り合った会員にも声をかけ欠席投句を促すなど、例会を盛り立てていただいている。また、辻美奈子編集長のもとに編集部員として、毎月の「沖」の編集作業に関わっていただいている。ことに、コロナ禍で編集室に一堂に会することが出来ない時も、自宅で初校、再校の校正作業を進めていただいた。

持ち帰る四万六千日の熱

四万六千日はこの日にお参りすると四万六千日の間お参りしたのと同じ功徳があるといわれているが、この功徳の熱を持ち帰ったうさぎさんは、多くの人にその熱を分かち合っているのかも知れない。

うさぎさんは何事にも前向きで積極的に向き合われる方で、多彩な趣味から得た、それぞれのジャンルの特性を活かしながら意欲的挑戦を試みられており、その熱心な俳句姿勢は作風にまで及んできている。

句集『襲』がうさぎさんの俳句人生の方向を示す句集となることを祈りつつ、平松うさぎという有為な作家の誕生を喜びたい。

令和三年十一月

沖主宰　能村研三

句集　襲　目次

序　能村研三　1
菊坂　二〇〇九年―二〇一二年　13
薄木菟　二〇一三年―二〇一四年　43
百日紅　二〇一五年―二〇一六年　75
襲　二〇一七年―二〇一八年　109
守札　二〇一九年―二〇二〇年　159
跋　『襲』鑑賞　森岡正作　191
あとがき　204

装丁　奥村靫正／TSTJ
題字　著者

句集　襲《かさね》

菊坂

二〇〇九年―二〇一二年

五十四句

深々と点描の街春の雪

祖母が手の津軽裂織春霞

春宵に衣擦れの音曲り行く

夏来るとグラスの氷声発す

万緑の風受け魂の遊びける

すずかけの葉の裏がへる青嵐

深川の粋の滾るや大神輿

夏の海臨界点の夕日かな

夏果てしサックスの音の沈む闇
現身をまどろみ染めて酔芙蓉

月山の日のやはらかし昼の虫

鶏頭や海馬の溝に雨宿り

柘榴食む存在といふ種のあり
お会式の纏振り切る力こぶ

初霜の白き縁取り父の下駄
ひゆるるると河童も消えし冬遠野

碧き星何を孕みて年明くる
万窓の憂ひ払うて初日の出

春近し丘の向かうの波頭

鈴なりの絵馬肩越しに梅ふふむ

春立ちぬ五弦の琵琶の螺鈿光

春蘭のほのと灯のごと開く

その下に宙の入口花筏

噴水の跳ぬるプリズム空一面

蜘蛛の子や廃屋すこし賑はへり

初恋といふ名の薔薇を接写せり

梅雨空や送電線に倦怠期

月下美人咲いてゐますと能筆に

永遠に羽化して涼しガレの玻璃

朝顔やシャツに七つの貝ボタン

星月夜ロールキャベツは沸々と
コスモスや空の区切りをぼかしつつ

秋麗や面の裏には朱のレ点

自転車を引いて急坂小六月

設ひは白山茶花の散り具合
祖母丸く日は優しくて大根煮る

寒晴れや声遠くまで届きさう

竜が目を片方閉づる雪催

啄みの日溜り分くる冬雀

春愁やつまさきで消す煙草の火

紙風船へこんだままに母の留守

三代の雛の雪洞うすす明かり

マティーニに沈むオリーブ暮春かな

どこまでも薫風の夜の遠回り

釣忍風に翠を加へけり

月蝕や母の形見の夏帽子

羅をまとひて風を遊ばせる

金魚屋の二階菊坂シガーバー

夏惜しむまだ日に熱き帆をたたみ
夢食うて八日目の蟬生きのびよ

待宵は胸の満ち潮宥めつつ
虫の音に鼓の調べ緩めけり

菊月や都電に掛かる投句箱

青空の眩しさにもぐ檸檬かな

薄木菟

二〇一三年―二〇一四年

六十句

鐙坂の脇を固めて冬木立
深雪晴れ足跡続く何処まで

列島に降り積む雪の等高線

窓の外ジムノペディの雪夜かな

春立つや人魚ゐるてふ波の底

巻貝の奥の奥まで水温む

チェロの音の日毎に春を揺り起こす

二月尽夜の窪みに月満てり

地の息のほつほつもるる蕗の薹

春昼やとろりと割れてオムライス

花菫色深ければ位もつ

糸を縒る手の中にある薄暑かな

浜昼顔波のとどろき糧として

鳶鳴くや成層圏まで夏の雲

半夏生不協和音のフリージャズ

和紙店に荷風の草稿夏深し

万緑の十八丁を神詣

メロン甘し涙の形の種いくつ

水無月の湖渡りゆく父の船

炎天や脳の余白の膨張す

新涼や濡れて群青石畳

みちのくに厨の数のにごり酒

日暮るると切絵のごとき芒原

菊月やゆるり流るる香けむり

かぼす搾る豊後の魚舌を撥ぬ

落葉松に十一月の日脚かな

喪の年のゆるりと迎ふ師走なり

神楽笛大蛇の首は宙を舐め

柚子湯てふ極楽にゐて小さき鬱

数へ日や露地行灯の一つづつ

初春や笙の調べは天翔ける

寒昴宇宙へ希望無限大

春立つや普賢菩薩の白き象

地球てふ乗合船や朧なり

野は萌黄そして桜を待つばかり

球根の土持ち上ぐる二月尽

沈丁花悟りの門の細く開き

足裏に柔らかき畦揚雲雀

右巻きの螺髪一尺暮の春

蛍烏賊目に渾身の硬さもて

五月野や草に濡れをる吾子の声

白海老の身の透けゐたる薄暑かな

はからずもたかんなに入る月の姫
いざローマ菩提樹の花むせかへり

捕らはれて瑠璃褪せにけり熱帯魚

夏祓梅の酸味の口中に

斬られ役裏で賄ふ夏芝居

線香花火鼻緒に力入りけり

辛抱のポプラの瘤やつくつくし

糸を縒る形は祈り秋澄めり

葦の穂のさみどり水の香を溜めて
風の韻結びて花野暮れにけり

幸せは共に居る事吾亦紅
願掛けの吉報を待ち新松子

薄木菟小太りにして冬ぬくし

牡蠣の身のちゆると腑に落つ夕まぐれ

鷹来るか槙大木の武家屋敷

石蕗の母の祈りのやうに咲き

魚河岸の競り声高し寒波急

浮寝鳥微かに眼開けてをり

百日紅

二〇一五年―二〇一六年

六十四句

身一つに清々しさや大旦

枯芙蓉勝負はまだといふ構へ

子規の魂宿して糸瓜枯れ極む

春浅し藍は光を吸うて発つ

春風の少女そのまま印象派

智の神の智を開かむと春の雨

福島忌月は朧を深めけり

春雷の一閃巨船の腹浮かぶ

羊歯若葉滑つと白亜紀戻りくる

夜の雨に濡れてもみたき水中花

翡翠の青の動線しぶきけり

静寂に聴く噴水の変拍子

裂織の肌節くれて芒種かな

角ありて角のやさしき水羊羹

湖の鍵めく一舟夏の暁

凌霄花自由気ままの頼りやう

野の花の一つ一つに清しき名
星まつる星に探査機送りつつ

鰯雲フルスイングの音を呑む

蟋蟀の鳴くも鳴かぬも哀れなり

好日に加ふ白桃のカクテル

鳥渡る自転公転味方にし

吊り橋の色なき風を爪弾きぬ

芒穂の甕に溢るる宴かな

風の無き夜の秋桜にある憂ひ

S席の背は天鵞絨に秋深し

ＳＬの改札カチと冬始め

仏像の眉間に光冬立ちぬ

白山茶花夜は光年の碧纏ふ

胸奥に灯る明るさ冬桜

ポインセチア部屋に一人にしておけぬ

小春日やラケットにある握り艶

玄海は文化の航路冬銀河

序破急の鼓打ち込む夜の雪

地に落ちて一夜地に咲く寒椿

日脚伸ぶ白き膜ある目玉焼

家系図に鋤鍬の文字根深汁

靴底の春泥に知る一日かな

春光を待つオルガンの蓋を開け

石庭の箒目ゆるぶ菜種梅雨

磯巾着音無き波を立ててをり

ライオンの舌のはみ出す日永かな

蒲公英に今日の明るさ貰ひけり

長屋門くぐらむ構へ蚯蚓出づ

丸刈りも角刈りも有り皐月燃ゆ

捨て苗へ風吹き下る千枚田

国率ゐる女の増えて百日紅

天地に楽の音放つ蓮の蕊

舞ひきつて女形指先まで涼し

国訛り染みて帰りぬ夏帽子

夏燕八ケ《やつ》岳全景を宙返り

山鉾の熱引回す街の辻

奥付に朱印の掠れ夜の秋

月代や銀の手鏡斜に見る

白磁壺青き影持つ良夜かな

十六夜や母の話を父として

蓮の実飛ぶ人知を超えて時越えて
長月の空を抜きたる鳥の影

水の地図眼に持ちて鳥渡る

つつかひ棒釣瓶落しに挿してみる

菊坂の袋小路や実南天

ふゆもみぢ加賀縫箔の能衣装

蓋裏の蒔絵濡るるやしぐるるや

鴨の陣解く指揮棒の羽拡げ

襲

二〇一七年―二〇一八年

九十四句

海鳴りやぐじの鱗の焼きて立つ

凍滝の岩を抱きて久女の忌

雪ちらちら祇園小路の掛行灯
神は冬真夜の鏡を磨ぎ渡る

凩を蹴り返したるピンヒール

凍滝の僅かに寝息漏らしをり

神楽坂の文士定宿白障子
赤き魂残して消えぬ雪兎

歳時記に小さき折痕蕗の薹

芹切るや大地の水脈の息吹して

金印の真偽は知らず黄砂降る

上履きの袋ぐるぐる春の泥

南南西の風泡立たす花ミモザ

青き踏む未完といふは頼もしき

残響の短き列車山笑ふ

初蝶の綺羅現はるる切通し

房総を縦断したり花菜風

明滅を脱ぎ街路樹の芽吹き急

眠らぬ街眠らぬ躑躅照らしをり

ローマ衰亡跡にひなげし存へる

屈伸の軸水へ跳び青蛙

持ち帰る四万六千日の熱

甚平の紐のゆとりを結びをり

十薬の基地は裏庭進軍す

俎板の干され午睡の屋形船

朝凪や瀬戸の小舟の水脈白く

闘魚てふ孤独を飼ひて夜の深し

滝壺に落つるほかなき水であり

夏蝶の五百羅漢を遊びたる

やさしさの形さまざま青瓢

暮れ待ちの鉦の脈打つ阿波踊

紫の文箱の螺鈿涼新た

注釈の小さき活字や秋灯し

影持つを成長といふ黒葡萄

沢音のそそぐ苔寺夕かなかな

眼裏に父の温もり鰯雲

鯊天をつまみ青べか談義など

平底を干して鵜舟の良夜かな

陽の匂ひ稲刈るごとに深くせり

戸隠の山河や喉を走り蕎麦

天蓋は紅葉なりけり露天風呂

論客の揃ひて夜半のひやおろし

海鳴りや肩より冷ゆる羽越線

ジッパーの滑り良き日や冬に入る

気風良き声の人垣酉の市

霜月や土偶の美女は狐目で

岐阜城は山の兜ぞ月冴ゆる
水面には映らぬ冬の桜かな

ゴッホ北斎並ぶ年表冬あたたか

宝船紙の軽さの夢を買ひ

生業の一日大事に去年今年

仲見世の屋根の青銅冬日燦

千手観音千の手のひら暖かし

貝寄風や接がれて壺となる破片

空海の梵字浮きくる雨水かな

二月尽砂地に動く魚の目

川を解く和船の櫂のうららけし

さざ波もせせらぎも歌春闌くる

追鰹して春愁を断ち切りぬ

近江てふ故郷小さく鳥帰る

囀りの譜よそよ風の五線上

横笛の稚児に麿眉春まつり

春惜しむ茶筅に残る泡少し

春疾風不意つく転居通知かな

深海を知らで目刺の焼かれをり

空豆の一番端に子供部屋

万緑や指笛に立つ犬の耳

谷川の水を束ねて梅雨に入る

河童淵に底なかりけり半夏雨

水神を祀る水門青田風

青水無月神に捧げし火焰土器
あめんぼう水の天井凹ませり

身代りとなる形代の薄さかな

三伏や川風に干す豆絞り

糸とんぼ時に葉の色水の色

島八幡石の鳥居の灼け楔

花蘇鉄屏風折あけ島の地図

島ひとつ持ち帰りたき大夕焼

遠花火闇の汀を鳴らしけり

鬼灯や顔見て習ふ鳴らし方

羽衣に包まれてをり水の桃

底無しの沼を手中に真葛原

歳月の襲《かさね》にも似て葉鶏頭

馬肥ゆる馬と飯食ふ農学部

落鮎や軸足水に深く深く

高千穂の神が袖振り山粧ふ

夕さりのなほ濃き色に式部の実

夕霧は村の錠前峡深し

同志てふ危き括り温め酒

冬立つやモルトの樽の燻し焼

見返りの阿弥陀の眼《げん》施《せ》小六月

時雨きて波の静もる銀沙灘

夜咄やとろとろ灯る和蠟燭

一陽来復地を這ふ松へ茜さす

守札

二〇一九年―二〇二〇年

六十句

始まりはいつも疑問符シクラメン

入船の影を曳きをり春夕焼

料峭や水屋に伏せる鼠志野

蔵町の波打つ甍竜天に

山葵田の水千筋に朝日受く

松の芯彦根に井伊の赤備

薄墨桜夕日を枝垂れさせてをり

春ショール風連れて乗る遊覧船

改元のどこ吹く風よ葱坊主

陽を吸つて吐いて吐いてと躑躅咲く

山吹の裾にすずめの通用門

解櫛の程の早苗田空しなふ

二合半の当ての藁焼き初鰹

少年の雄ごころ未だ袋角

七島の端より烟り梅雨兆す

深山めく備前の壺の山法師

鮒鮓や松の上なる赤い月

時代屋の隅にみづいろ金魚玉

故郷の三和土素足で踏んでみる

いろは坂夏霧といふ通せん坊

慈悲慈悲と一山護る蟬しぐれ

月よりの使者甲虫《こうちゅう》の背の光

盆の月父の背広は掛けしまま

草原に寝て銀漢の腕の中

桔梗や解いてはならぬ守札

星月夜気泡あまたの吹きガラス

白檀も絹も薄れて秋扇
水引の雨粒がまんくらべかな

名月の回廊となる千枚田

蜻蛉の窺つてゐる風の淵

秋夕焼沖を漁火灯すまで
宇宙の始め掌中の胡桃ほど

時雨来て耀ふ句碑の黒御影

梟の首を回して夜の来る

公園の花の十字路石蕗あかり

人参の真中日輪ある如し

地球に螺子巻く冬天のスカイツリー

狐火や盛り塩の山尖らせむ

昴りの鷹を頭巾に眠らせる

紙漉くや水の引き出す木の記憶

鈍色の空飢ゑてをり波の花

日にとけて月に浮かびぬ冬桜

春めきて啄む鶏の目に力

鳥引くや均して広き生家跡

利休忌や椿割りたる蕊あかり

春夕べカピバラの顔物憂げに

魞挿すや湖は鳥居の脚洗ひ

ザビエルの胸に翼よ鳥帰る

着信音消して朧をすれ違ふ

銅鐸の溝の鈍色凍返る

息吸ってその球体のチューリップ

花吹雪てふやさしさの吹き溜まり

縛られ地蔵縄に埋もるる目借時

絹莢のすぢとりたわい無き話

橅満たす水のた奔る五月かな

泰山木生まれもつての新樹光

父の日の父似のひたひ検温す

白南風や土乾きたる犀の尻

明易し塒に夜を引く鴉

稜線の厚み増したる芒種かな

句集 襲畢

跋　『襲』鑑賞

句集名を『襲』と知り、まことに良い名前を付けられたものと感心した。「襲」は辞書的には大雑把に言って、「重ね」と同じで他に衣服やその色合いなどにも通じる。平松さんは合唱が趣味と述べられているが、古典や陶磁器、着物などにも造詣が深い。言わばそうした雰囲気を自ずと纏うような名前で、実に奥ゆかしい。

歳 月 の 襲《かさね》 に も 似 て 葉 鶏 頭

句集名を採られた句である。この一年のこのひと時を懸命に咲く葉鶏頭、その葉の一枚一枚の重なりに目を奪われて佇む作者、いつしか遠眼差しとなって、己が来し方を思いやっていたのではないだろうか。「歳月の襲」とは情緒的で美しい言葉であり、その把握も見事である。同時に作者の年代的なことからすれば、ちょうど句作十年目に当たり、句集発行を思い立った頃の句なのである。

初期の句から順に読んでいきたいと思う。

「菊坂」

すずかけの葉の裏がへる青嵐

初々しい写生句である。「ともかく見たものを素直に詠みなさい」と言われて詠んだかのように新鮮であり、読者にも青嵐が気持ち良く吹いて来る。そして次のような句を見ると、初期の作品ながら「自分の言葉」の獲得の早さに驚かされる。

夏の海臨界点の夕日かな
梅雨空や送電線に倦怠期
竜が目を片方閉づる雪催

夏の浜辺で、強烈な夕焼けを発生させて落ちてゆく夕日を「臨界点」と捉え、梅雨空を鬱陶しく眺めながら、その中に緩く撓む送電線を「倦怠期」と決め、自分の心情に引き込む。また、勢いのある竜の目を「片方閉づる」と見て、「雪催」と結び付ける、何ともしなやかな感性である。

春立ちぬ五弦の琵琶の螺鈿光
永遠に羽化して涼しガレの玻璃
月下美人咲いてゐますと能筆に

これらの三句、「春立ちぬ」の「琵琶の螺鈿光」、それに「涼し」と「ガレの玻璃」の関係は作者の美的世界の産物であり、書道の達者な目に「能筆」と映る便りに、月下美人の美しさも強調される。

祖母が手の津軽裂織春霞

初霜の白き縁取り父の下駄

紙風船へこんだままに母の留守

月蝕や母の形見の夏帽子

こうした肉親を詠まれた句でも、しっかりと作者の存在が感じられる。「祖母」の句では、当然のことながら如何に可愛がられ、祖母の影響を受けられたことかは、普段から織物に関心を持つ作者の姿から容易に想像され、「下駄」の有り様には父の存在の大きさと確かな尊敬の念が感じられる。そして、へこんだ「紙風船」に、おいてけぼりを食らった悲しみを込めて母への愛着を語り、「月蝕」には母に対する喪失感の深さがうかがわれる。

「薄木菟」

鐙坂の脇を固めて冬木立

寒さに身を強ばらせて冬木の林立する鐙坂を歩いているのであろうが、「鐙坂」という固有名詞に、「脇を固めて」という措辞を実に上手く詠み込んだものと思う。そして、さらに次の句などには季語との取り合わせの妙を感じる。

春昼やとろりと割れてオムライス
白海老の身の透けゐたる薄暑かな
足裏に柔らかき畦揚雲雀
薄木菟小太りにして冬ぬくし

「春昼や」の、とろりと割れるのはケチャップをかけたオムライスの柔らかさであろうが、それは春の昼の暖かさに微睡むような作者の雰囲気をも感じさせ、「白海老」の句は、薄い光にも透けるような白海老の繊細な身を思わせてくれる。また、春の野に出ると自ずと柔らかな土を踏んでみたくなるもので、「揚雲雀」の句は、中空に浮きながら鳴く雲雀の声が心地よい。そして「薄木菟」の句は、小太りの愛らしい薄木菟への親しみが「冬ぬくし」という季語に結び付くのである。

メロン甘し涙の形の種いくつ
糸を縒る形は祈り秋澄めり
浮寝鳥微かに眼開けてをり

続いてこれらの句は、発見と発想、そして季語との絶妙な取り合わせを感じさせてくれる。一句目は甘いメロンの種が涙の形だという。また二句目、秋の好天の日に、部屋で静かに糸を縒る姿の両手を祈りに見立てる。三句目は浮寝鳥をじっと見つめながら、その目が薄目になっていることを興味深く思ったのである。

次は「沖」の九州大会で大分に行った時の二句である。

かぼす搾る豊後の魚舌を撥ぬ

神楽笛大蛇の首は宙を舐め

玄海灘で獲れた身の引き締まった鰺の刺身であろうか、本当に旨そうである。「神楽笛」の句は、宙を舐めるのが舌ではなく首としたところに、笛の高鳴りに昂じて、くねりにくねる大蛇の様子が上手く捉えられている。

「百日紅」

前にも述べたが、次のような句はやはり作者の好きな素材と言えよう。

裂織の肌節くれて芒種かな

序破急の鼓打ち込む夜の雪

舞ひきつて女形指先まで涼し

白磁壺青き影持つ良夜かな

「裂織」とは、古い布を細く裂いて織り直したものというが、「芭種」という生活臭のある季語とよく合っている。その次の「鼓」の句は、「序破急」という鼓の打たれ方に、夜の雪が妖しく乱れ舞うようで面白く、「女形」の句では、その肌理細かいしなやかな舞に、女性よりも色香を感じられたかのようである。そして「良夜」の奥の間に置かれた「白磁壺」の厳粛な美に、酔いしれるのもまた作者の姿である。

　夜の雨に濡れてもみたき水中花
　角ありて角のやさしき水羊羹
　石庭の箒目ゆるぶ菜種梅雨

こうした句にも作者の細やかな感情や視線を感じることができる。一句目は中心を穏やかにさせてくれる「夜の雨」に、「濡れてもみたき」とあたかも水水中花に同情するかのように思いやり、「水羊羹」の句では、ぷるぷる震える羊羹の有り様を「角のやさしき」と詠み、さらに「石庭」の句では「箒目ゆるぶ」と、菜種梅雨がたっぷりと染み込んだ庭の様を上手く詠み取っている。

　さらに、

　蟋蟀の鳴くも鳴かぬも哀れなり

奥付に朱印の掠れ夜の秋

という二句は、秋の夜の静けさに深入りした自分自身を見つめる句と、読み終わった本への労りの句で、何れも繊細な心模様が読み取れ、

家系図に鋤鍬の文字根深汁

十六夜や母の話を父として

のような二句では、作者の境遇を知ることができる。「家系図」が残っているということは旧家を意味するものであるが、江戸時代のものではなかろうか。「鋤鍬」という文字に対しては「根深汁」という季語がよく働いていると思う。そして、早く亡くなられたお母さんの思い出話を、父と語るというしみじみとした句には、「十六夜」という季語が最も相応しい。

「襲」

海鳴りや肩より冷ゆる羽越線

作者の手を離れて想像力を掻き立ててくれる句である。羽越本線は新潟の新津から秋田を結ぶ日本海に面した線であり、荒れる海の海鳴りも聞こえて来よう、まして冬の底冷えである。もし乗客が薄幸の女性と仮定すれば、確か舞台

は山陰地方だったと思うが、吉永小百合が主演した「夢千代日記」というテレビドラマの世界がまざまざと甦ってくる。が、そんなことを抜きにしても寒々しい車内の雰囲気がしっかりと把握された句である。

南南西の風泡立たす花ミモザ

房総を縦断したり花菜風

貝寄風や接がれて壺となる破片

また、このように「風」が上手く活用されている句もある。一句目は「南南西」という言葉が効果的で花ミモザの様子がよくわかり、二句目の「花菜風」はまさに房総地方の風そのもので、三句目の「貝寄風」は、貝殻と壺の破片が上手く響き合っている。続けて、

爼板の干され午睡の屋形船

万緑や指笛に立つ犬の耳

「爼板」の句は、夕刻の営業に備えて休憩している屋形船の全体を、爼板一枚で表したもので、素材の切り取りが的確と思う。一方で「万緑」の句は、自然の大きさに対して、引けをとらぬ犬の生命力を感じさせてくれる。次の、

やさしさの形さまざま青瓢

水面には映らぬ冬の桜かな

身代りとなる形代の薄さかな

の三句、一句目は「青瓢」の曲線を「やさしさ」と詠み、二句目は「冬の桜」のあえかなる美しさ、三句目は「形代」に対する作者の感情移入であろう。

島ひとつ持ち帰りたき大夕焼

この句は長崎へ行った時の旅吟である。私も一緒であったが、佐世保の丘のホテルから西海国立公園の九十九島を眺めての景であり、このように大きな景を大きな句として詠みこなしたのには脱帽である。また、

馬肥ゆる馬と飯食ふ農学部

の句は、農学部の学生が馬を飼育する実習の場面であろうが、「馬と飯食ふ」とは、実に良い情景を捉えて詠んだもので楽しい。

「守札」

まず発想の面白い二句。

始まりはいつも疑問符シクラメン

人参の真中日輪ある如し

シクラメンの別名がカガリビバナというのはわかるが、ブタノマンジュウとは首を傾げる。それとは関係あるまいが、花が下向きに咲く形は確かに疑問符に似ていて、しかも「始まりはいつも」という出だしに、何となく納得させられてしまう。また「人参」の句、一本の人参を二つに切ったにしても、また輪切りにしたにしろ、その切り口をよくよく見ればまさに日輪そのもので、なるほどとうなずける。

他にも触れたい句は数々あるが、

松の芯彦根に井伊の赤備

薄墨桜夕日を枝垂れさせてをり

七島の端より烟り梅雨兆す

白南風や土乾きたる犀の尻

「松の芯」の句は、彦根城でも見学したのであろう。彦根と言えば井伊、井伊と言えば赤備という感じで説得力があり、「薄墨桜」の句は細く枝垂れた桜に遍く夕光が纏わり付くようで美しい。次の「七島」の句は伊豆七島のことと思うが、「端より烟り」と的確に景を捉えて巧みである。そして「白南風」の句は、海の遠くから渡って来たような風が異国的であり、犀の尻に付いた乾いた土は、土煙を上げてサバンナの地を疾走する犀の姿を連想させてくれる。

さらに次の故郷を詠んだ句には否応無しに共感させられる。

故郷の三和土素足で踏んでみる
盆の月父の背広は掛けしまま
鳥引くや均して広き生家跡

故郷の「三和土」は懐かしい。土間で遊んだ子供の頃の感触を肌で感じてみたかったのであろう。また、穏やかなお盆の夜にはしみじみと父が偲ばれ、澄んだ虫の音がその思いを深くしてくれる。そして故郷喪失とも言うべき三句目、「均して広き」に、思い出の多さとその空しさが重なり、「鳥引く」という語には、過去の賑わいが消えてゆくようで、寂しさがいっそう募るのである。

最後に、章題の元となった句、

桔梗や解いてはならぬ守札

この「守札」にはいったい何が籠められているのであろうか。季語の「桔梗」からは凛としたものが感じられるが、俳句への強い思いや新年の誓いのようなものであって欲しいと思う。

好き勝手に作者の世界に入り込み、気ままに多くの句を鑑賞させて戴いた。

平松さんの俳句が今後どのように展開されるかを楽しみにしつつ、次の句集が早く編まれることを期待したい。

令和三年十一月吉日

森岡正作

あとがき

俳句を始める以前、一番長く続けていた趣味は合唱でした。歌の歌詞はラテン語、イタリア語、ドイツ語、フランス語、日本語、と多様でしたが残念ながら、和歌や俳句に触れる機会はありませんでした。

まだ貸本屋さんがあった頃、図書館と貸本屋を行き来して取りとめもなく小説を読んだ青春時代は遥か遠く、初めての句会では読めない漢字に慌てました。しかし自分の意図したこと以上に、深く想像し鑑賞してくださる皆様に感激し、俳句は人生の経験の全てが無駄にならずに生きてくる世界だと感じました。そして日本文化に係わる習い事が好きで色々と続けてきましたが、それらの一つ一つが季節、季語を第一に考える俳句の世界へと、知らず知らずのうちに導いてくれたのかもしれないと思っております。

俳句を始めて十年が経った頃には、俳句が生活の中心になっていました。知らない花に興味を持ち、鳥の鳴き声に耳を傾け、道端の碑を読み由来を確かめるという具合です。合唱の世界においてもたくさんの人々と出会い交流を重ねてまいりましたが、俳句により日本中に俳友を得ました。色々な事象に共に感激しあえる素敵な方々との出会いでした。

今年、私は母が他界した歳になりました。一人っ子の私は母が友達であり姉であり、大の仲良し親子でした。私が四十三歳の時に亡くなって以来、泣かずに母を思い出すことができず、母の句はなかなか詠めないのですが、この句集は天国の母に読んで貰いたいと思います。そしてこの句集を、志を持ってこれからの俳句に向かう始まりとし、母に背中を押して貰おうと思います。

ご多忙にもかかわらず能村研三主宰には序文と帯文を、森岡正作副主宰には跋文をいただくことができました。厚く御礼申し上げます。また編集のお忙しい中、選句、纏めの労をお引き受けくださいました辻美奈子編集長に深く感謝申し上げます。最後に、句集をまとめるにあたり、朔出版の鈴木忍様に細やかなご助言をいただきました。ありがとうございました。

令和三年十一月

平松うさぎ

著者略歴

平松うさぎ（ひらまつ　うさぎ）　本名　厚子

1953 年　東京都生まれ
2009 年　「沖」入会、能村研三に師事
2010 年、2011 年　日本手工芸美術展覧会入賞（日本刺繍）
2015 年　「沖」同人
俳人協会会員

現住所　〒 178-0063　東京都練馬区東大泉 1-26-36

句集　襲　かさね

2022年1月25日　初版発行

著　者　　平松うさぎ

発行者　　鈴木　忍

発行所　　株式会社 朔《さく》出版
郵便番号173-0021
東京都板橋区弥生町49-12-501
電話　03-5926-4386
振替　00140-0-673315
https://saku-pub.com
E-mail　info@saku-pub.com

印刷製本　中央精版印刷株式会社

ISBN978-4-908978-67-8　C0092